BIBLIOTHÈQUE
CHRÉTIENNE ET MORALE,

approuvée

PAR MONSEIGNEUR L'ÉVÊQUE DE LIMOGES.

—

9e SÉRIE.

BAPTISTE

ou

SOTTISE ET AMBITION.

BAPTISTE

OU

SOTTISE ET AMBITION.

LIMOGES.

BARBOU FRÈRES, IMPRIMEURS-LIBRAIRES.

BAPTISTE

ou

SOTTISE ET AMBITION.

Baptiste Robiquet était le fils d'un honnête vigneron de la Champagne. Il avait quinze ans lorsqu'il perdit son père, et, chose assez remarquable, il se trouva que le père Robiquet,

qu'on eroyait n'être tout uniment
qu'un paysan à son aise , laissa à
son fils un assez bel héritage.

Ce brave homme avait placé quelque argent, à ce qu'il paraît, dans
des spéculations qui furent heureu-
ses; toujours est-il qu'on trouva une
certaine quantité de sacs d'argent
empilés dans une armoire , et , en
outre, des valeurs considérables en
portefeuille.

Baptiste avait été élevé tout uniment comme un paysan ; son éducation se bornait à savoir ce que le
maître d'école du village avait été
à même de lui apprendre, et cela se
réduisait à quatre choses : lire, écri-
re, compter, et son catéchisme.

Après que son père fut mort et
qu'il lui eut consacré quelques re-

grets bien restreints, il devint comme un fou en se voyant à la tête de quelques sacs de mille francs.

« A la fin, me voilà riche aussi, disait-il, je pourrai donc faire claquer mon fouet comme les autres et jouir un peu de la vie ; oh ! je prétends bien m'en donner, je ne me refuserai rien, et je réparerai le temps perdu. Oh! mes chers écus que je vous aime de faire ainsi mon bonheur.

Pendant qu'il fait des châteaux en Espagne, Baptiste n'a pas songé à une circonstance qui vient ajourner l'exécution de ses beaux projets ; il était mineur; à défauts de proches parents, son père avait confié sa tutelle au notaire du village, qu'il estimait beaucoup ; celui-ci, qui était absent au moment du décès, vint faire inventaire de tout ce que la succession laissa à Baptiste ; les fonds furent transportés chez lui pour y rester jusqu'à la majorité du jeune homme, auquel le notaire devait compter mensuellement une pension assez modique.

Baptiste fut fortement déconcerté de ces dispositions ; néanmoins, comme il n'y avait pas de possibilité d'aller contre, il s'y conforma, ou plutôt il avisa s'il n'y aurait pas quelque occasion de les éluder par un moyen détourné.

Il fut un matin trouver le notaire son tuteur, et lui dit que, comme il était riche, il ne se souciait pas de continuer l'état pénible de son père, pour lequel il n'avait pas de goût ;

qu'ayant pris la résolution de s'instruire et de faire son droit, il avait résolu de se rendre à Paris, où il serait plus à même d'apprendre que partout ailleurs. En conséquence, il pria son tuteur de lui avancer une année entière de sa pension, disant qu'il considérait cela comme un prêt particulier, que celui-ci retiendrait avec les intérêts sur l'argent qu'il avait en dépôt.

Le notaire fit bien quelques objections à ce projet et donna des conseils à Baptiste ; mais comme il ne s'intéressait pas autrement à la destinée de son pupille, et que ses rapports avec lui n'étaient guère que ceux d'un homme d'affaires, il finit par céder à ses instances.

Notre paysan fit donc son paquet

et dit adieu à son village ; il monta
en diligence, la tête remplie d'espé-
rances magnifiques et de rêves tout
dorés, et il mit enfin le pied dans la
grande ville depuis si long-temps
l'objet de ses plus chers désirs.

Paris est un gouffre dangereux
pour un jeune homme sans expé-
rience et en proie à des passious
qu'il a tant d'occasions de satisfaire.
Baptiste emportait avec lui une
somme assez ronde, car, d'après les
arrangements qu'il avait pris avec
le notaire, et auquel celui-ci trouvait son intérêt, il avait obtenu de
lui beaucoup plus que ce qu'il avait
demandé d'abord.

Il se fit conduire dans un superbe
hôtel qu'il s'était fait indiquer dans
les environs du Palais-Royal ; car

rien n'était plus ni trop beau ni
trop élégant pour M. Baptiste, et le
jour même il fit connaissance d'un
jeune homme aux formes agréables
et engageantes, qui lui fit de suite
mille protestations d'amitié, et s'of-
frit de le mettre au courant de tout
ce qu'il aurait à faire, et de lui ser-
vir de guide et de mentor.

Il est bon que je vous dise un mot
sur ce nouveau personnage avant
de vous faire connaître la suite de
ses relations avec Baptiste.

Jules Maillard, qui avait déguisé
son nom et se faisait appeler le chevalier Muller, était tout bonnement
un intrigant et un escroc, et déjà
plusieurs fois il avait eu des démê-
lés avec les tribunaux, à la suite

desquels il avait subi quelques années de prison.

L'arrivée de Baptiste dans l'hôtel fut pour lui une bonne fortune; il eut bientôt découvert le faible du jeune paysan, et il résolut de lui escamoter le plus d'argent qu'il pourrait.

De son côté, Baptiste était enchanté de l'avoir rencontré ; Maillard, ou plutôt le chevalier Muller, était une bonne fortune pour lui : il lui donnerait des leçons de tournure et de bonne grâce, il lui apprendrait à bien vivre et le ferait jouir de tout ce qu'il y a d'agrément à Paris.

Le lendemain, Muller, pour commencer son rôle d'homme complaisant, fit venir, au lever de Baptiste, tailleur, bottier, coiffeur, etc., et

en quelques instants notre villageois
fut façonné en manière d'élégants
de Paris; rien ne lui manquait , sinon de savoir porter son costume,
sous lequel il paraissait gauche ,
emprunté. Muller lui donna quelques leçons de bonnes manières ,
mais, en les imitant, Baptiste n'en
était que plus ridicule ; on devinait
toujours le paysan sous l'habit élégant de fashionnable.

Mais comme il ne doutait de rien,
il ne se déconcerta pas et se per-
suada qu'il était charmant, et qu'il
prendrait facilement l'habitude et
les airs des gens comme il faut.

Baptiste jouit donc avec profusion des agréments multipliés que
présente Paris : spectacles , bals ,
fêtes, parties de plaisir, il usait de

tout largement et ne se faisait faute
de rien ; mais il lui en coûtait cher,
et la somme qu'il avait apportée et
qu'avait fortement écornée , pour
son compte , l'ami Muller , était
bien proche d'être dissipée ; il fal-
lait aviser au moyen de la rempla-
cer.

Baptiste avait confié toutes ses
affaires à l'intrigant qu'il avait pris
pour guide et qui le conduisait à si
grand train dans les voies de la dis-
sipation ; celui-là n'était jamais em-
barrassé, et il avait toujours à son
service des expédients tout prêts ,
il dit donc à Baptiste que, sans avoir
besoin de recourir au notaire , il
trouverait l'argent dont il avait besoin.

Effectivement il arriva, le lendemain, avec un de ces complaisants prêteurs d'argent qui ne demandent pas mieux que de faciliter auu jeunes gens les moyens de se ruiner et de manger leur bien en herbe : Baptiste était pressé, la transaction fut bientôt faite moyennant des intérêts exhorbitants.

Il toucha donc une somme assez forte dont Muller lui emprunta encore en bonne partie ; mais comment refuser un homme si aimable, si dévoué, un ami si cher enfin !

Ils continuèrent donc leur train de vie, ils dépensaient beaucoup et entamèrent ainsi facilement les relations avec une certaine classe d'individus ; c'est ainsi qu'il firent connaissance d'un jeune homme fort riche, fort fastueux et fort prodigue aussi, qui devint un de leurs compagnons de plaisirs.

Baptiste, pour se tenir au niveau de ce jeune homme, qui jetait, comme on dit, l'argent par les fenêtres, mais qui avait au moins cela d'excusable, qu'il avait le moyen de le faire ; le pauvre Baptiste renouvela donc ses dépenses, et se vit obligé, pour y suffire, de contracter encore de nouveaux emprunts.

Il vivait dans un ordre désordonné, avait des chevaux, des domestiques, et enfin tout ce qui accélère la ruine d'un homme.

Au moment où il se livrait à tous ces désordres, il rencontra un jour dans une maison de jeu, car pour en finir plus vite, il était aussi devenu joueur, il rencontra, dis-je, un jeune homme qu'il avait vu plusieurs fois au château de son village, un de ces élégants dont il enviait alors la destinée.

Ce jeune homme lui avait parlé plusieurs fois en allant à la chasse et en se promenant, et Baptiste crut que c'était une raison pour qu'il se souvînt de lui. Il l'aborda donc familièrement et se fit connaître en rappelant les circonstances où ils s'étaient vus.

Le jeune homme avait de l'esprit, il sut bientôt apprécier à fond le caractère et la position de Baptiste. Voici leur entretien :

BAPTISTE.

Vous devez me trouver bien changé, n'est-ce pas? c'est que je n'ai plus l'air d'un paysan comme autrefois.

LE JEUNE HOMME.

Monsieur, nos rapports n'ont jamais été assez intimes pour que je puisse...

BAPTISTE.

Oh! c'est égal, vous voyez bien que j'ai aujourd'hui l'air d'un homme comme il faut.

LE JEUNE HOMME.

Mais, à vrai dire, et puisque vous provoquez à cet égard ma façon de penser, je vous avouerai franchement que je ne trouve pas cela.

BAPTISTE.

Qu'est-ce qui me manque donc?

LE JEUNE HOMME.

Mais, je ne sais...

BAPTISTE.

Oh ! je vous en prie, ne vous gènez pas, ça me fait plaisir, au contraire, parce que, quand je sais que je fais quelque chose de travers, je me corrige.

LE JEUNE HOMME.

Que voulez-vous que je vous dise, je trouve que vous n'avez ni le langage ni les manières d'un homme de bon ton.

BAPTISTE.

Mais, encore une fois, que me manque-t-il? J'ai des habits aussi fins et aussi bien faits que les vôtres, j'ai un bel appartement, un beau cabriolet; que diable faut-il de plus pour être reçu partout et être bien regardé ?

LE JEUNE HOMME.

Il faut de plus l'habitude du monde, l'éducation et le savoir-vivre. Ainsi donc, vous avez une toilette fort belle à la vérité, mais que vous portez mal ; vous cherchez à copier des manières qui ne vous sont pas naturelles, cela vous rend gauche et vous ne faites que des grimaces ; vous dépensez beaucoup et sans discernement, et cela ne vous donne pas un degré de plus de considération ; en un mot, et, passez-moi la comparaison, vous êtes comme un animal qui quitte son climat pour passer dans un autre étranger à sa nature : il est mal à l'aise, il dépérit, et finit quelquefois par mourir.

BAPTISTE.

C'est fort singulier ; je croyais

qu'il ne me manquait rien du tout
et que j'étais charmant.

LE JEUNE HOMME.

Je suis désespéré de détruire la
bonne opinion que vous aviez de
vous-même, mais, écoutez-moi,
M. Baptiste, puisque j'ai commencé
sur ce ton avec vous, je veux continuer et vous donner un avis que
je crois charitable.

» Je ne sais pas si vous avez beaucoup de fortune, mais je crois, au
train de vie que vous menez, que
vous finirez par engloutir votre pa-
trimoine, quel qu'il soit. Vous ne
manquerez pas de gens disposés à
vous flatter, à vous trouver charmant, comme vous disiez tout-à-
l'heure, pourvu qu'ils trouvent l'occasion de vous sucer et de vous dé-

pouiller de votre dernier écu. Croyez-moi, il est peut-être temps encore, retournez dans votre village, où vous serez encore considéré; reprenez un genre de vie plus simple et plus en harmonie avec la manière dont vous avez été élevé; je crois qu'à cette condition il existe encore des chances de bonheur pour vous, tandis que j'entrevois, de l'autre côté, la misère et tout ce qu'elle a d'affreux et de dégradant dans une grande ville. Mes conseils sont sages, à ce que je crois, vous en ferez ce que vous voudrez.

En disant ces mots, le jeune homme salua Baptiste et le quitta; mais celui-ci, loin de se rendre à ses bons avis, se montra plus suffisant que jamais; il s'approcha d'une glace, se fit des mines grotesques à lui-même, et se trouva fort gracieux et fort aimable.

— Bah! se dit-il, c'est la jalousie, c'est la rage qui le font parler ainsi; *Le plus souvent*, que j'irai retourner dans mon village, reprendre mes sabots et bêcher la terre. Est-ce que je suis fait pour cela, moi? Si je n'avais rien du tout, à la bonne heure.

Baptiste tint en effet parole : ses prodigalités redoublèrent, et il en fut bientôt à emprunter sur le reste de sa fortune.

Enfin Baptiste jouit de son reste, et, comme s'il voulait en finir plus vite et qu'il eût tenu à se débarrasser de son argent, il donna une fête magnifique, où il dépensa en

2

une nuit le dernier écu qui lui restait.

Le jeune homme qui lui avait donné dans la maison de jeu de si-bons avis qu'il avait dédaignés se trouvait au nombre des invités. Baptiste se posait devant lui en triomphateur, il avait l'air de dire : Hein! comment trouvez-vous cela! vous croyez qu'on ne sait pas faire les choses comme il faut, qu'on a mauvais goût, qu'on ne sait pas vivre!

Le jeune homme, à travers ses manières polies, souriait malicieusement, et son sourire signifiait : Vous avez beau faire, tout cela ne prouve rien, sinon que j'ai raison, et je vous attends à demain.

Ce lendemain terrible arriva en effet. Baptiste se réveilla, la tête lourde et fatiguée, et sa première pensée fut : Je n'ai plus rien. Cette réflexion, malgré lui, jeta dans son esprit une sorte de terreur; mais il secoua ses sombres idées ; et, pour se reconforter, il passa dans l'appartement de l'inséparable Muller, qui, depuis quelque temps, avait élu domicile chez lui.

MULLER.

Je sais cela. C'est que tu fais les choses à merveille; tu as été un train d'enfer.

BAPTISTE,

N'est-ce pas ? Oh ! on en parlera de notre fête d'hier ; c'était superbe. Mais revenons à l'essentiel. Comment vais-je faire pour me procurer de l'argent?

MULLER.

Je n'en sais rien, tu n'as plus de garantie à donner, et les arabes tiennent à cela.

BAPTISTE.

Tu crois que ton vieux Juif ne me prêterait pas encore quelque chose sur parole.

MULLER.

Tu t'adresses bien : c'est comme si tu lui disais de prendre hypothèque sur les brouillards de la Seine.

BAPTISTE.

Il faut pourtant sortir de là. Cherche, toi, qui as un esprit inventif.

MULLER.

Inventif tant que tu voudras, mais je ne peux pas faire sortir de l'or d'une pierre.

BAPTISTE.

Comme tu parles légèrement maintenant; à t'entendre autrefois, il semblait que nous ne manquerions jamais. Ecoute, je ne te demande pas l'argent que je t'ai prêté, puisque je sais que tu n'en a pas; mais...

MULLER.

Ton argent? oh! tu peux être tranquille, je te le rendrai aussitôt que j'aurais touché mes rentes.

» Je suis un honnête homme, entends-tu? et je ne souffre pas qu'on me fasse des sottises.

BAPTISTE.

Mais je ne t'en fais pas non plus.

MULLER.

C'est que tu as l'air de me faire valoir tes services.

2,

BAPTISTE.

Du tout ! ne te fâche pas.

MULLER.

Ah ! c'est que...

BAPTISTE.

Allons ! ne perdons pas notre temps à ne rien dire; tu es mon ami, et c'est dans ton intérêt, comme dans le mien, que je veux sortir d'embarras. Dis-moi, penses-tu que le vicomte auquel j'ai fait tant d'amitié, et que j'ai fêté et obligé si souvent, soit homme à me prêter quelque argent.

MULLER.

Sans doute; tu as une bonne idée, cours voir tous nos amis, et tu verras comme ils te recevront bien.

En disant cela, Muller souriait d'une manière équivoque; Mais Bap-

tiste n'était pas assez fin observa-
teur pour s'en apercevoir. Il alla
donc achever de s'habiller et sortit
le cœur remplit d'espérance.

Tous ceux qu'il vit l'accueillirent
fort bien au premier abord ; mais,
dès qu'il eut entamé le sujet de sa
visite, les visages s'allongeaient et
se refroidissaient, et quelques-uns
même le traitèrent avec imperti-
nence.

» Allons retrouver Muller, dit-il,
celui-là m'est attaché, au moins je
le crois, sans cela il serait bien in-
grat d'après tout ce que j'ai fait
pour lui; son indignation sera au
comble, j'en suis sûr, quand il sau-
ra la façon dont j'ai été reçu.

» En attendant, je n'ai plus un
sou, je n'ai pas même de quoi dîner

aujourd'hui, et il faut aviser à sortir de l'embarras où je suis. Ah ! j'y pense, je peux me défaire de mon riche mobilier et reprendre un appartement dans mon hôtel garni; oui, c'est cela. En retranchant un peu de ma dépense, cela me fera aller quelque temps et j'aurai le loisir de me retourner. Allons! c'est décidé! je vais charger Muller de cela; il est plus entendu que moi, et fera mieux l'article. »

Soulagé par cette inspiration, Baptiste presse le pas et revient à la hâte chez lui. Il monte l'escalier, arrive à la porte, qu'il trouve entr'ouverte, et entend un grand bruit dans l'intérieur de son appartement; il entre précipitamment; mais qu'est-ce que cela veut dire ? tout est en remue ménage chez lui ; les meubles sont au milieu de la chambre, les matelats sont entassés sur les canapés, et deux hommes sont occupés en ce moment à détacher une glace.

Ne sachant que penser, et exaspéré au dernier point, il se met à crier au voleur, et prend le premier objet qui lui tombe sous la main pour assommer ceux qu'il voit en train de le dévaliser.

On accourt au bruit, et un homme, qui a tout l'air d'un ouvrier, s'empare de lui et lui demande ce qu'il veut.

— Comment ! ce que je veux ! s'écrie Baptiste en fureur, de quel droit venez-vous mettre le désordre chez moi et m'enlever ce qui m'appartient ?

— Ces meubles appartiennent à l'un de nous deux, lui répond son interlocuteur, et je crois qu'ils sont bien à moi, puisque je les ai payés tout-à-l'heure et qu'en voilà la quittance.

Baptiste voit, en effet, une quittance, signé Muller, et il reste anéanti, il veut en vain protester contre cette vente, et dit que c'est un vol manifeste. Mais le propriétaire de la maison, qui est survenu pendant ce débat, lui fait entendre qu'il n'a aucun recours à exercer, attendu que les meubles ont été achetés et payés par Muller, et que l'appartement même avait été loué en son nom.

Baptiste se résigne à son sort. Le

voilà sur le pavé , et lui qui, hier encore, menait un train de vie brillant, donnait une fête splendide où tout était à profusion, il n'a plus d'asile et il en est réduit à acheter une flûte de deux sous pour apaiser la faim qu'il commence à ressentir.

C'est alors qu'il sent toute sa folie et maudit sa sotte ambition qui le conduit à une pareille extrémité. Il chemine tristement le long des boulevards en songeant à ce qu'il doit faire. Tout-à-coup on lui frappe sur l'épaule, et il voit devant lui le jeune moraliste dont il a méprisé les avis.

— Qu'est-ce? vous passez bien soucieux, M. Baptiste, qu'avez-vous donc ?

Celui-ci, contrarié de cette rencontre, veut éluder la question et répond vaguement.

— Allons, vous n'êtes pas franc avec moi, et je vois que vous en êtes au point où je vous avais prédit que vous arriveriez. Maintenant vous n'êtes plus bon à rien ici, et vous n'avez qu'un parti à prendre si vous avez encore quelque énergie, quelque courage, celui de retourner chez vous et de reprendre la pelle et la pioche. Adieu, M. Baptiste.

Le malheureux se laissa abattre par le malheur ; il fut mis, comme vagabond, dans une maison de correction, où il mourut.

Que son exemple instruise les autres.

LIMOGES. — IMPR. DE BARBOU FRÈRES.

www.ingramcontent.com/pod-product-compliance
Lightning Source LLC
Chambersburg PA
CBHW060856180626
46818CB00004B/1721